Alegría

Decepción

Obra editada con el apadrinamiento de Boris Cyrulnik, neuropsiquiatra, director de educación en la Universidad de Toulon.

Puedes consultar nuestro catálogo en www.picarona.net

EMOCIONES
Texto: *Cécile Langonnet*
Ilustraciones: *Soufie Régani*

1.ª edición: enero de 2018

Título original: *Les Émotions*

Traducción: *Pilar Guerrero*
Maquetación: *Isabel Estrada*
Corrección: *Sara Moreno*

© 2016, Les P'tits Bérets - Morlanne - Francia
Edición en español por acuerdo con S. B. Rights
Agency - Stephanie Barrouillet
(Reservados todos los derechos)

© 2018, Ediciones Obelisco, S. L.
www.edicionesobelisco.com
(Reservados los derechos para la lengua española)

Edita: Picarona, sello infantil de Ediciones Obelisco, S. L.
Collita, 23-25. Pol. Ind. Molí de la Bastida
08191 Rubí - Barcelona - España
Tel. 93 309 85 25 - Fax 93 309 85 23
E-mail: picarona@picarona.net

ISBN: 978-84-9145-133-4
Depósito Legal: B-27.765-2017

Printed in Spain

Impreso en España por ANMAN, Gràfiques del Vallès, S. L.
C/ Llobateres, 16-18, Tallers 7 - Nau 10, Polígon Industrial Santiga
08210 - Barberà del Vallès (Barcelona)

Las emociones

*¡Mis sensaciones...
y yo en todos mis estados
de ánimo!*

Cécile Langonnet

Soufie Régani

Preámbulo dedicado a los adultos

Los niños grandes que todos somos sabemos lo difícil que resulta hablar de nuestras emociones, de esa esfera tan íntima que nos acompaña a lo largo de toda la vida.

La mayor parte del tiempo, cuando nos sentimos conmovidos, apenas logramos balbucear con pudor cuáles son nuestros sentimientos. Y de ahí a reconocer hasta qué punto estamos emocionados va un abismo. Sin embargo, existen muchos tipos de emociones, más o menos próximas, más o menos intensas, más o menos agradables, y no siempre es fácil identificarlas con claridad, ni siquiera alcanzada la edad adulta.

Siendo así, ¿cómo comportarnos cuando se trata de hablar de este tema con un niño?

Las emociones nos exponen a todos a una perturbación física y psicológica pasajera pero contundente. La precipitación interior, breve pero intensa, nos empuja a reaccionar espontáneamente ante una situación dada. Además, el comportamiento casi instantáneo que la emoción engendra puede estar más o menos adaptado a la situación. ¿Qué adulto no se ha visto, alguna vez, desestabilizado y desarmado por esta experiencia invasiva, hasta el punto de responder inadecuadamente?

En este sentido, es fácilmente comprensible que no podamos esperar que un niño responda de forma justa y perfecta en todas las circunstancias. No sólo se ve superado por sus propias emociones cuando las descubre, sino que le falta discernimiento al respecto. Además, un niño siente las emociones plenamente en el instante presente, sin comprender que tendrán un fin en el tiempo y que hay un límite en la intensidad de lo que está sintiendo en ese instante preciso.

Cuando un niño se emociona, se sumerge rápidamente en su sentimiento y no está dispuesto a escuchar. Su comportamiento está sometido a lo que siente.

Así las cosas, podemos imaginar la angustia que las emociones pueden suscitar en él. Además, cuando los comportamientos y los pensamientos desencadenados por las emociones no son socialmente correctos (como la violencia física o verbal, por ejemplo), suele sentirse culpable cuando la pasión disminuye.

En tanto que adulto, no siempre es sencillo ofrecer las respuestas necesarias al niño en el momento inmediato, ni intervenir adoptando comportamientos apropiados para calmarlo. Sin embargo, para aprender a gestionar las emociones, el niño no sólo necesita vivir plenamente lo que siente en su cuerpo, sino que necesita del apoyo de los adultos para comprender lo que le está pasando y sentirse consolado.

Es importante acompañarlo fuera de esas manifestaciones, a veces excesivas y brutales, para sensibilizarlo sobre el papel que las emociones pueden jugar en su vida íntima y social. Los sentimientos se construyen sobre la base de las emociones.

Las emociones se dirige al niño y a su entorno adulto para ayudarle a comprender lo que está viviendo y enseñarle a expresarse con discernimiento.

Cada emoción abordada acaba con un sugerente: *¿Me contarás si...?* que nos permitirá iniciar un diálogo guiado con el niño. Por consiguiente, aconsejamos leer el libro juntos, tras haber acudido a los anexos, concebidos para ayudarte a acompañar al pequeño en este aprendizaje.

Os deseamos un agradable momento compartido...

¿Qué es una emoción?

A veces parece que te sientes extraño en tu cuerpo. Tienes la sensación de no poder controlar nada. De sentirte sumergido en un instante sin saber qué te está pasando. Seguramente algo o alguien te ha puesto en ese estado. Tienes fuertes sensaciones que te invaden de la cabeza a los pies: estás conmovido. Tu cuerpo te envía un mensaje: **una emoción.** *Esa emoción aparece para avisarte de que una cosa importante está a punto de pasar...*

A veces, lo que sientes es agradable, tienes sensaciones simpáticas y eso te pone **de buen humor.** *Tu cuerpo te avisa de que lo que está pasando le complace.* Es su forma de indicarte que lo que sucede está siendo bueno para ti. En esos momentos te sientes feliz, tranquilo, satisfecho, contento, alegre, encantado...

Otras veces, lo que sientes no es nada agradable, incluso puede ser doloroso o ponerte **de mal humor.** *Tu cuerpo te alerta de que percibe una amenaza.* Es su manera de advertirte de que necesita alguna cosa para encontrarse mejor. En esos momentos, te sientes nervioso, aturdido, contrariado, desconcertado, perturbado, desgarrado...

No siempre es fácil averiguar qué es lo que se necesita cuando uno tiene el cuerpo y la mente tan confundidos. Todo el mundo lo sabe, hasta los adultos, porque todo el mundo tiene emociones. En esos momentos de **gran desorden,** no comprendes bien lo que te está pasando... A lo mejor te sientes un poco solo porque no encuentras las palabras adecuadas para expresar lo que sientes. Es normal, todos pasamos por esa misma situación.

Comprender las propias emociones es una cosa que se aprende con la edad y la experiencia, y hay que compartirlas. Hablar de las emociones nos acerca unos a otros y nos ayuda a comprendernos mejor y a sentirnos bien.

Cuando estamos emocionados, podemos tener **muchas sensaciones diferentes.** Corresponden a las distintas emociones, más o menos fuertes y más o menos agradables. Está la alegría, la tristeza, la ira, el amor, el miedo, la timidez, el orgullo, la vergüenza, los celos, la impaciencia, la decepción, la soledad... y muchas más. Es importante saber diferenciar las emociones porque *nos informan sobre nuestro estado y nuestras necesidades.*

Cada emoción lleva su propio mensaje, su secretito que hay que aprender a escuchar y descifrar para comprenderla. **Saber escuchar y diferenciar tus emociones te ayudará a encontrar, exactamente, qué te hace falta para calmarte en el momento que lo necesites.**

Gracias a tus emociones, tu cuerpo te susurra, más o menos fuerte, lo que necesita para estar bien. Con el fin de responder lo mejor posible, vamos a explorar unas cuantas emociones y aprenderemos a escuchar el mensaje que cada una de ellas nos manda...

El amor

Gracias a mí puedes tener todo tipo de sensaciones intensas, como sentir tu corazón latiendo muy fuerte, que tienes mariposas en el estómago, notar que las mejillas se te ponen rojas y muy calientes hasta llegar a las orejas, tener lucecitas en los ojos que no te dejan ver con claridad y sentirte feliz y desbordante.

Soy capaz de provocar emociones diferentes como el **afecto**, la **alegría**, la **euforia**, el **placer**...

Yo te uno a los demás...

...cuando dos brazos tendidos te toman y te levantan,

...cuando dos brazos te rodean para abrazarte,

...cuando tu mano se entrelaza con la de otro amistosamente,

...cuando tienes la sensación de que tu corazón y el del otro son como un imán,

...cuando te encargas de cuidar a un niño más pequeño que tú,

...cuando te interesas por algo o alguien y le dedicas tiempo...

¡En esos momentos estás amando!

Estoy aquí...

Te doy ganas de entregar lo mejor de ti, de superarte.
Me necesitas para vivir.

Te permito sentirte atraído por algo o por alguien
que te hace sentir bien, feliz y satisfecho.

Te permito sentirte repentinamente unido
a aquellos que sienten ternura.

Estoy aquí para acompañarte, reconfortarte y fortalecerte.

Estoy aquí para hacerte avanzar,
para hacerte crecer y hacerte aprender.

Soy el motorcito
que te acompaña
a lo largo de la vida.

¿Me contarás si...

...alguna vez has sentido amor?

La ira

Cuando algo te impide tener lo que quieres, cuando alguien te prohíbe hacer lo que quieres, cuando pierdes algo que te gusta, cuando nada va como tú desearías y no te sientes satisfecho..., yo suelo estar cerca.

Y no tardas en darte cuenta de mi presencia porque, cuando aparezco, es como si *te subiera mostaza por la nariz y cabalgaras sobre furiosos caballos.*

Empiezas a respirar rápido, tu corazón late fuerte y lo notas por todo el cuerpo. Las mejillas y las orejas se te ponen rojas como tomates, y parece que echen fuego. Sientes que estás hirviendo por dentro. Tienes los hombros subidos, los dientes y los puños apretados. Seguramente acabarás llorando a gritos porque no estás nada contento... ***Tienes ganas de gritar y atacar...***

Estás listo para pasar a la acción.

Te doy tanta energía de golpe que no sabes qué hacer con ella: *hundes la cabeza* porque no quieres ver nada. Todo es un caos. Entonces, puede que te dejes llevar por esa rabia y rompas cosas aunque no quieras, empiezas a decir cosas desagradables que, en realidad, ni siquiera piensas.

Estás frustrado, decepcionado, y quieres que alguien lo pague.

Te sientes capaz de luchar hasta con un elefante. Pero eso no resolvería tus problemas porque te estás olvidando de lo esencial: el obstáculo con el que realmente tienes el problema... ¡Es poco probable que se trate de un elefante! Eso significa que la fuerza no te servirá de nada... Tienes que encontrar la raíz del problema para poder solucionarlo.

¡En este momento, sientes ira!

Estoy aquí...

...para darte la fuerza necesaria
y superar los obstáculos que encuentres.

Estoy aquí para preparar tu cuerpo para que pase a la acción
y vencer lo que se cruce en tu camino
cuando hayas descubierto qué es.

Con el tiempo, tendrás que aprender a
controlar la fuerza que te doy
para reflexionar antes de actuar...

Es el dominio de ti mismo.

¿Me contarás si...

...alguna vez has
sentido ira?

La decepción

A veces esperas que pase algo con mucha ilusión, algo que te imaginas muy bien en la cabeza, *algo que te apetece mucho:* una visita, un resultado, una atención...

Piensas y notas que estás nervioso con la idea de que se haga realidad.

Saboreas ya el momento que se desarrolla como una película dentro de tu cabeza.

Esperas sentirte contento y satisfecho y, sin embargo...

Lo que esperabas no pasa, o al menos no pasa como tú habías previsto...

Entonces sientes que todo se derrumba, como un castillo de arena en la playa.

Tus brazos caen y te quedas con la boca abierta, desconcertado. Estabas listo para vivir sensaciones agradables y ahora **te sientes perturbado y desanimado.** No estás satisfecho, te sientes frustrado por no haber vivido todo lo que esperabas.

Estás triste, incluso enfadado.

¡En este momento estás decepcionado!

...alguna vez te has sentido decepcionado?

¿Me contarás si...

14

Estoy aquí...

...para que te des cuenta
de que las cosas no han pasado
como te hubiera gustado que pasaran.
Hay mucha diferencia entre lo que te gustaría vivir
y lo que realmente acaba pasando.

Pero estoy aquí, ahora,
para que seas capaz de imaginar
lo que puede ser bueno para ti, a pesar de todo.

15

El orgullo

Cuando consigues algo que es difícil de conseguir, cuando alcanzas un hito, una proeza, un éxito.

Solo o en equipo...

Porque lo deseabas intensamente... Porque era muy importante para ti... Porque *has puesto toda tu alma y todas tus fuerzas...*

Aparezco yo y te sientes invadido por una felicidad muy intensa.

Respiras hondo, sonríes y estás muy contento.
Te sientes como flotando en el aire.

Te sientes bien en tu cuerpo y en tu cabeza: tienes un sentimiento positivo con relación a ti mismo. Parece que tienes alas. Parece que vuelas. Yo te proporciono sensaciones agradables.

Experimentas una enorme satisfacción por lo que acabas de conseguir. Estás contento contigo mismo. Percibes en los ojos de la gente que te mereces ser feliz y que ellos quieren estar contigo. Les transmites lo que sientes: estás orgulloso de ti mismo.

Sabes que te has esforzado mucho para conseguir lo que has hecho.

¡En este momento estás orgulloso!

¡picolino, domador de fieras!

Estoy aquí...

...para decirte que tienes derecho a estar satisfecho por tus esfuerzos y sentirte feliz contigo mismo.

Estoy aquí para recompensarte por tus esfuerzos, para reforzar tu coraje, para darte ganas de superarte nuevamente.

¿Me contarás si...

...alguna vez has sentido orgullo?

La vergüenza

Cuando sientes **que las cosas no van bien...** O cuando los demás te hacen ver que las cosas no están yendo bien. Que hay algo que tiene que ver contigo que no te gusta nada. Cuando temes que los demás se enteren...

Yo soy esa molestia que se instala en ti: **tienes miedo de no ser como deberías ser.** Te sientes mal, agredido y agresivo. Es como si tuvieras un secreto que te da miedo confesar...

Quisieras esconderte. La mirada de los demás te fastidia. Bajas los ojos, bajas la cabeza, sientes calor en las mejillas. Y, sobre todo, no quieres que se sepa.

¿Has hecho algo mal? Quizás hay algo de lo que no te sientes orgulloso. Igual se trata de una travesura o de una mentira... Te parece que te has pasado. Todo eso **te pesa** y te sientes mal. Estás triste.

¿No has hecho nada? Entonces igual no te gusta tu apariencia, te avergüenza tu ropa, no te gusta tu cuerpo... Quizás tú no tienes ningún problema, pero los demás se meten contigo. Te parece que se están pasando. Te ves impotente, triste, incluso con rabia.

En ese momento **te sientes solo**, vacío, desesperado, vulnerable e inseguro.

En este momento sientes vergüenza.

...para recordarte lo que se puede hacer y lo que no se puede hacer para vivir en sociedad.

Cuando te hago sufrir es porque ha llegado el momento de hablarlo con alguien que sea importante para ti.

Aunque te resulte difícil hacerlo, hablar siempre sienta bien y permite encontrar soluciones.

¿Me contarás si...

...alguna vez has sentido vergüenza?

La impaciencia

Estoy muy presente en tu vida; te acompaño cuando esperas. Cuando estás en un sitio sin nada que hacer y no hay nada interesante alrededor; en una sala de espera, en el coche, en la cola de la caja del súper... Cuando **tienes que esperar un poco, mucho, ¡demasiado!**

Las ideas empiezan a hervirte en la cabeza... Te doy unas irresistibles ganas de moverte. Todo tu cuerpo se agita hasta el punto de no querer quedarte quieto. Es como si tuvieras ganas de correr detrás de tus ideas para atraparlas.

No te puedes aguantar. Estás muy nervioso. Te sientes como un torbellino.

Cuando te ves arrinconado, bloqueado en ese momento, lo que sientes es desagradable y te irrita mucho. **Se te ocurren todas las cosas impor-**

Estoy aquí...

...porque eres capaz de tener ideas que no tienen nada que ver con lo que estás viviendo en el momento.

Con el tiempo me iré haciendo menos y menos frecuente porque comprenderás que tu cuerpo no siempre está obligado a seguir tus pensamientos.

tantes que podrías estar haciendo, pero tienes la impresión de que tu cuerpo está encarcelado, retenido por algo desagradable.

Dicho esto, cuando esperas un momento feliz, te ofrezco sensaciones agradables. Piensas en lo chulo que será lo que te espera y te complaces imaginando el momento glorioso: nada cuenta a tu alrededor, ifíjate si estás contento!

En ambos casos, tu cuerpo está aquí, *pero tu mente está en otra parte.* A eso se le llama «querer correr más que el viento». Tienes ganas de ir al grano. **Lo quieres todo y lo quieres ya.** Quisieras ganar la partida antes de empezar a jugar.

Así que esperar no te parece nada interesante y sientes que estás perdiendo el tiempo.

En ese momento iestás impaciente!

100 años de espera a partir de aquí

¿Me contarás si...

...alguna vez has sentido impaciencia?

Los celos

En ocasiones *sientes que otra persona tiene lo que a ti te gustaría tener.* Puede ser un objeto o la atención y el afecto de otra persona.

La ves satisfecha y feliz. Te gustaría sentirte como ella..., pero no es así.

Entonces te sientes solo y triste... Lejos de los demás. Terriblemente inquieto. Estás frustrado, *sientes que ya no existes,* estás como vacío y abandonado.

Te sientes amenazado. *Te parece que has perdido tu sitio en el corazón de los que más quieres* y no lo aceptas, claro. Incluso puedes ponerte furioso.

Estás dispuesto a demostrar a todos que estás ahí... Pero a veces lo haces de malas maneras: haciendo o diciendo cosas muy desagradables, o atacándolos... A veces lo haces todo al mismo tiempo. Tanto da, a ti lo que te da miedo es que se olviden de ti.

Sí, lo que estás sintiendo es muy doloroso. Las emociones se mezclan y crees que vas a tener que vivir así para siempre.

Es esos momentos ¡estás celoso!

Estoy aquí...

...para decirte lo importante que es amar y sentirse amado para estar bien. Voy a estar muy presente en tu vida.

Pero con el tiempo seré más suave... Gracias a la gente que te rodea, comprenderás que la atención y los mimos se deben compartir y que, a pesar de ello, el amor no disminuye.

El amor que le damos a alguien es siempre único y diferente del amor que le damos a otra persona.

En la vida, cada uno ocupa un lugar muy especial en el corazón de unos y de otros.

¿Me contarás si...

...alguna vez has sentido celos?

¿Me contarás si...

...alguna vez te has sentido alegre?

La alegría

Soy ligera como una pluma. Cuando paso por el corazón de la gente, dejo una impresión de felicidad intensa.

Siempre estoy presente en los buenos momentos, en esos pequeños instantes mágicos, en las grandes fiestas, en los reencuentros.

Cuando estoy ahí, te sientes lleno de buen humor. Cuando estoy a tu lado, no piensas en nada más porque invado todo tu cuerpo. Cuando estoy contigo, la vida es fácil y todo sale bien por sí solo. Cuando te acompaño, no necesitas nada más.

Sientes que existes.

Serenamente...

Estás tranquilo. Respiras profundamente y estás en calma. Te sientes colmado. Se dice que soy un sentimiento de plenitud.

O intensamente...

Estás nervioso. Tienes la impresión de que «vas a explotar de alegría» de lo feliz que te sientes: quieres moverte, saltar, sonreír, reírte a carcajadas, hasta llorar.

Suelo ser discreta, pero esté donde esté, sólo necesitas buscar un poco para encontrarme.

En ese momento ¡estás alegre!

Estoy aquí...

...para que sepas que todo va bien
y que nada puede ir mejor.

Te sientes bien y simplemente lo sabes.

Lo único que quiero es crecer a tu lado.
Cuídame mucho porque soy muy importante
para tu equilibrio. Soy una gran riqueza
que debes saber cultivar.

...alguna vez has sentido miedo?

¿Me contarás si...

El miedo

Se habla de «estar temblando», «ponerse los pelos de punta», «quedarse tieso», estar paralizado por el miedo...

Te hago temblar, estremecerte, ser presa del pánico.

Te asustas, te sobresalto. Estás inquieto.

Cuando te atrapo, **el caos reina en tu interior y yo te invado.** Te sientes patas arriba, afectado, alterado. Te dejo casi sin respiración o, a veces, te hago respirar muy rápido.

El corazón se te dispara, hasta puedes escuchar los latidos de lo fuerte que late..., ¡tienes miedo de que se pare súbitamente!

A veces gritas, o tienes ganas de gritar, pero no te salen sonidos de la boca. Puedes tener ganas de salir corriendo, pero no consigues mover ni un pelo, estás como paralizado.

Estás pasando un mal momento, no tiene por qué gustarte lo que te hago sentir. En un instante, puedes sentir un mar de emociones contradictorias. Puedes estar triste (porque te ves solo), tener rabia (hacia lo que te causa el miedo, sentirte preparado para pasar a la acción), pero también puede que te guste un poquito ver hasta dónde eres capaz de resistir (te ayudo a superar tus límites).

Cuando estoy ahí, *la situación puede ser peligrosa y algo terrible puede suceder.* Hay que estar alerta, listo para actuar si fuera necesario... Con el tiempo, te acostumbrarás a mí y comprenderás que sólo vengo para advertirte de los peligros y ayudarte a combatirlos. ¡Dejará de darte miedo tener miedo!

En ese momento ¡tienes miedo!

Estoy aquí...

Aparezco cuando amenaza un peligro o cuando te imaginas que hay peligros que podrían llegar en cualquier momento.

Estoy aquí para prepararte para que los evites o los combatas.

Estoy aquí para protegerte.

La soledad

Tanto si estás verdaderamente solo como si estás acompañado, a veces te acompaño. Cuando estoy contigo, dejas de hacer caso a lo que te rodea. *Experimentas lo que es estar solo, contigo mismo.*

Piensas... Quizá te sientas triste, abandonado... O todo lo contrario, estás feliz porque te sientes libre y a tu bola. Feliz o triste, estoy aquí *para ayudarte a ordenar tus ideas.*

Puedes sentir la presencia de los que te rodean pensando en ellos aunque no estén presentes... Pensar en ellos te permite transformar los buenos momentos pasados con ellos en imágenes agradables que puedes conservar en tu memoria y en tu corazón para recuperarlas cuando estén lejos.

Gracias a mí, *podrás* utilizar esas imágenes serenas para *reconfortarte* cuando lo necesites en tu vida.

En esos momentos estás solo contigo mismo.

Estoy aquí...

...para darte tiempo de fabricar recuerdos con todas las personas que te importan.

Te ayudo a recuperar fuerzas y a estar bien contigo mismo.

Porque estoy aquí para enseñarte a permanecer tranquilo y en paz incluso cuando estás lejos de la gente que quieres.

¿Me contarás si...

...alguna vez has sentido soledad?

La timidez

A veces te pasa que no te sientes bien delante de otras personas, sobre todo cuando no las conoces. Te cuesta estar delante de esas personas, te falta seguridad, dudas de ti.

Te pones rojo, agachas la cabeza y evitas mirar a los ojos. A lo mejor te balanceas de un lado a otro... Como para acunarte, para tranquilizarte.

La presencia de otros desencadena en ti una avalancha de sensaciones que *te causan un problema.* Notas que el corazón se te acelera, tiemblas, sudas...

No estás a gusto. Tienes miedo de mostrarte tal y como eres, de hablar o de ser observado. Tienes miedo de equivocarte o de hacer cosas mal hechas delante de la gente.

Además, tienes la impresión de que todas las miradas se posan en ti. Parece como si la gente estuviera esperando que te equivocaras. *Así que te sientes molesto, confundido, dubitativo...*

Estás en una situación en la que *no sabes qué hacer.* Te sientes mal, en peligro... *Es un caos.*

En realidad, tienes miedo a la presencia de otros. Cuanto más intentas esconder tu malestar, peor te encuentras... Y te repiten en vano: «¡No te asustes! ¡Nadie te va a comer!».

En ese momento, eres tímido.

¿Me contarás si...

...alguna vez has sentido timidez?

30

Estoy aquí...

...porque quieres hacer bien las cosas;
tienes miedo de no conseguirlo, aunque,
sobre todo, tienes miedo de lo que la gente piense de ti.

Pero no olvides que se aprende cometiendo errores.
Hay que entrenarse para mejorar.
¡Es lo más normal del mundo!

Todos tenemos derecho
a no ser perfectos.
Y, además, nadie lo es.

La tristeza

En la vida hay un montón de pequeñas cosas chulas y agradables en las que seguramente no te fijas.

Cuando esas pequeñas cosas no están cerca te das cuenta de hasta qué punto eran importantes para ti... Sientes que **las echas de menos...** Sin ellas nada es como solía ser.

Te sientes vacío, solo, sufres. **Te entra la pena cuando piensas en ello.** Echas la cabeza hacia adelante, tienes los hombros caídos y no tienes ganas de sonreír. A lo mejor hasta haces pucheros..., quieres llorar o estás ya llorando.

En esos momentos, estás triste.

Estoy aquí...

...para ayudarte a pensar en tus cosas...

Y, si puedes, compartirlas.

Vas creciendo y descubres lo que es bueno para ti y la importancia de esas pequeñas naderías que, en realidad, lo son todo...

Así comprendes que cada día está repleto de pequeños instantes indispensables para ti y aprendes a valorarlos plenamente y a conservarlos todo lo posible.

Los metes en tu corazón, que se hace rico con esos tesoros.

...alguna vez has sentido tristeza?

¿Me contarás si...

Anexos

Para ayudarte a acompañar a tu hijo
durante la lectura del libro.

Tomarse un ratito para instalarse cómodamente

Para comprender lo que está viviendo, el niño necesita ponerle un nombre a lo que siente en su cuerpo y en su cabeza. Para ello, deberás conseguir un clima apropiado, sereno y agradable, y estar atento: es importante que no se sienta juzgado sino comprendido. **Compartiendo** y **reformulando** se apropiará de las nociones esenciales para responder mejor a sus propias necesidades.

Este libro es la herramienta adecuada para iniciar un diálogo con él, manteniendo la cabeza fría. Es como un soporte de expresión. Puedes invitarlo a reaccionar durante la lectura y a responder a sus preguntas. No dudes en preguntarle cosas para asegurarte de que está comprendiendo.

Atraer la atención del niño y saber escucharlo

Con cada emoción abordada, puedes ilustrar la lectura con un ejemplo sobre alguna situación vivida por el niño, distinguiendo entre pensamientos y emociones. Para guiarlo, puedes inspirarte en la siguiente trama centrándote en ella:

Empezando por sus sentimientos:
¿Alguna vez has sentido (nombra la emoción, por ejemplo, «ira»)? ¿Cuándo? ¿Qué sentía tu cuerpo en ese momento? ¿Te pareció agradable o desagradable? ¿De qué sensación te acuerdas más?

Luego, seguir por sus pensamientos:
¿Qué pensabas en ese momento? ¿Te inquietaron algunas de las cosas que pensaste? ¿Por qué no hablamos de ello? ¿En ese momento sabías que estabas (nombrar la emoción, por ejemplo «enrabiado»)? ¿Cómo sabes que lo estabas? ¿Ahora sabrías reconocer la emoción si la sintieras? ¿Gracias a qué?

En este punto, reformula la función de la emoción de la que se está hablando (la encontrarás en la parte «Estoy aquí...»).

Después, según la actitud que espere de ti en ese momento:
¿Qué necesitarías en ese momento para calmarte? ¿Preferirías estar solo un rato? ¿Preferirías que me quedase contigo? ¿Querrías que te hablara o que me quedara callado? ¿Querrías que te ayudase en algo? ¿Cómo podría ayudarte? ¿Cómo haremos las cosas cuando esa emoción vuelva?

Pensar juntos los posibles rituales que utilizaréis

Para apropiarse de sus propias emociones y calmarse, algunos niños inventan, espontáneamente, **rituales** en los que podemos inspirarnos: unos dibujan, los más mayorcitos escriben, otros escuchan música para serenarse. Puedes ayudar a tu hijo a encontrar la actividad que más le guste.

Juntos podéis buscar los medios de expresión para regresar a episodios pasados. La idea es encontrar un **soporte** que os permita **volver a comunicaros** sobre la experiencia vivida una vez que la ola emocional haya pasado. Tampoco hay que intentar encontrar soluciones **a toro pasado,** sino simplemente escuchar al niño. Anímalo con preguntas sencillas si no sabe expresarse bien. Por ejemplo, puedes empezar en estos términos: «Has tenido miedo...» o puedes reformular la idea: «Si he comprendido bien lo que me has dicho...». Si la emoción ha suscitado angustia, no dudes en permitirle enfadarse de nuevo o destruir el dibujo que acaba de hacer, por ejemplo, eso le ayudará desahogarse.

Del mismo modo, podéis pasar tiempo juntos buscando canciones o música que sea ideal para escuchar en los momentos difíciles.

En ruta hacia la autonomía

Aprovecha los momentos tranquilos para hojear este libro **regularmente.** Cuando veas a tu hijo conmovido, refiérete al libro para que el niño identifique claramente qué emoción siente. Retoma la función de la emoción con él: esta emoción ha llegado en este preciso momento para darte un mensaje, para ayudarte.

En el mismo sentido, cuando las emociones se manifiesten en escenas de vuestra vida cotidiana (un niño llorando en el súper, una escena de los dibujos de la tele, etc.), habla con él y relaciónalo con lo que habéis leído en el libro, comentando: «Mira, se comporta como si estuviera...». «¿Qué crees que lo ha puesto en ese estado?». «¿A ti qué te parece?». «¿De qué emoción puede tratarse?». «¿Qué podría haber hecho para reaccionar mejor?».

Progresivamente, el niño irá teniendo **discernimiento:** conseguirá identificar sus emociones, las comprenderá y desarrollará comportamientos cada vez más adaptados. Encontrará las palabras apropiadas para hablar de ello y compartirá sus sentimientos cuando quiera.

Índice

Amor

Tristeza

Ira